Vincenzo Cavicchia

Dissertazione medico legale del giudice di circondario Vincenzo Cavicchia

Antigonos

Vincenzo Cavicchia

Dissertazione medico legale del giudice di circondario Vincenzo Cavicchia

Ristampa immutata dell'edizione originale del 1839.

1ª edizione 2024 | ISBN: 978-3-38605-339-6

Antigonos Verlag è un marchio della Outlook Verlagsgesellschaft mbH.

Verlag (Editore): Outlook Verlag GmbH, Zeilweg 44, 60439 Frankfurt, Deutschland
Vertretungsberechtigt (Rappresentante autorizzato): E. Roepke, Zeilweg 44, 60439 Frankfurt, Deutschland
Druck (Tipografia): Libri Plureos GmbH, Friedensallee 273, 22763 Hamburg, Deutschland

DISSERTAZIONE

MEDICO LEGALE

DEL GIUDICE DI CIRCONDARIO

VINCENZO CAVICCHIA

Chi sia il magistrato, cui è dato pronunziare sulla irrecettibilità della istanza per voluto misfatto. Se possa formare il soggetto d' inquisizione penale l' aborto che si vuol derivato dal dispiacere per la uccisione del conjuge dell' abortita.

Legum scientia, atque medicina suut quadam quasi coguatione coujunctae ut qui juris peritus et idem quoque sit medicus
Tiraqueau v. Foderè medicina legale introduzione pag. 24.

NAPOLI
Pe' Tipi di M. Avallone.

1839.

Rispettabilissimo Sig. D. Domenico

Allievo del vostro studio teoretico, mi permetto intitolarvi questo mio primo e tenue lavoro. Vi prego gradirlo come una pruova della mia somma stima, ed eterna riconoscenza.

Ho l'onore di raffermarmi.

Al Sig. D. Domenico Capitelli
avvocato in Napoli.

Vostro Umil. Obbl. servo
VINCENZO CAVICCHIA

QUISTIONE PRIMA

Chi è il magistrato, che deve definire la impu-tabilità dell' azione commessa, e se debba su di questa inquirersi.

L'art. 83 del regolamento per la disciplina delle autorità giudiziarie del 15 ottobre 1826 impone ai giudici di circondario di rapportare in ciascuna settimana al giudice istruttore del distretto, e Procurator Generale del Re presso la G. C. Criminale i reati commessi nel Circondario nella settimana precedente, e pervenuti a loro notizia nel corso della medesima. Hanno a far menzione in tali rapporti dell' articolo delle leggi penali, corrispondente a ciascun reato.

Or se fosse presentata querela per un fatto non punibile per il quale vien riputata oziosa la istruzione, converrebbe ragguagliarne il giudice istruttore, ed il Procuratore Generale. Imperciocchè il giudice di Circondario delegato ad istruire non può decidere della punibilità dell' azione commessa.

Ma a chi si appartiene risolvere se il fatto richiegga la istruzione ?

L' istruttore , se il giudice di Circondario equivoca nella classificazione de' reati, debbe avvertirnelo , e farne rettificare l'errore. Ma ove fusse proposto un dubbio legale , se un fatto debba o no essere classificato fra le azioni criminose , se fia mestieri o no inquirere sul medesimo, non è attribuito certamente al Giudice istruttore di pronunziarvi. Le attribuzioni di costui sono limitate alla raccolta delle pruove de' reati , ed a proccurare la scoverta, e l' arresto de'delinquenti, istruendo i processi , e perseguitando i colpevoli nel modo permesso dalla legge art. 95 LL. organica del 29 maggio 1817.

Il Procuratore Generale è incaricato di difendere l'ordine pubblico , i diritti della Sovranità , l'autorità delle leggi , è il rappresentante della società, che reclama la punizione de' malvaggi , e la salvezza degl'innocenti. Se è attore ne' giudizi penali , non può essere giudice ne' medesimi. Dee formare instanze requisitorie per la punizione, o perchè si assolva il prevenuto di un reato, non può decidere della natura dell' azione. Chè siffatta decisione si appartiene esclusivamente ai giudici componenti la G. C. Criminale.

Come primo agente della Polizia giudiziaria può dirigere la istruttorìa , e dileguare anche i dubbî del giudice di Circondario, dandone conoscenza al Ministro di Grazia , e Giustizia art. 755 citato regolamento:

può prescrivergli di compilare il processo, riserbando alla disamina della G. C. di definire a suo tempo la qualità dell' azione. Ma non potrebbe mai disporre che venisse arrestato il corso delle investigazioni, dichiarandosi il fatto non punibile, o prescritta l'azione, e simili, senza sentire la G. Corte.

Che se i dubbi sono proposti all' istruttore, ed al Procurator Generale, non è regolare che entrambi li risolvessero. Se il Procurator Generale, nel manifestare le sue idee su i dubbi propostigli, dee farne rapporto al Ministro di Grazia, e Giustizia, l' istruttore li risolverebbe senza darne conto ad alcuno? Inoltre potrebbero facilmente contradirsi ne' loro divisamenti, e così invece d'ispirare fiducia, ed approvazione, desterebbero dubbî maggiori, e disprezzo. È base di ogni riunione sociale il sentimento di sicurezza : i legislatori per conservarlo adoperano tutti i loro sforzi, e nello stesso intento proccurano di evitare contrarietà di giudicati. Il vario modo di decidere fa germogliare l' opposto sentimento della diffidenza, ragionandosi allora che la giustizia non è riposta nell' attribuire a ciascuno il suo, e nel pronunziare in conformità delle leggi, ma nella diversa ed incerta maniera di pensare de' giudici.

Sicchè se il Procurator Generale debbe rispondere direttamente al giudice di Circondario su i dubbi proposti, e rapportarne all' Eccellentissimo Ministro di Grazia, e Giustizia, conviene che l' istruttore si astenga dal manifestare il suo avviso allo stesso giudice; e se crede di non dover serbare silenzio, faccia piuttosto noto il suo parere al Procurator Gerale , e ne attenda gli schiarimenti, per iscansare risoluzioni contrarie in materie delicatissime. Che in opposto ove si avveri la divergenza delle opinioni , sarà rispettata sempre quella del Procurator Generale , e negletta l' opinione dell' istruttore , il che non è molto proprio alla dignità del magistrato.

QUISTIONE SECONDA.

Quando dev'essere dichiarata irrecettibile la istanza?

Che se i giudici di Circondario hanno a sottoporre il loro avviso sulla imputabilità dell' azione , quando con ragione possono rassegnare di essere oziosa la istruttoria ?

Se la querela, la denunzia presenta per se stessa la pruova luminosa di non essere punibile il fatto denunziato , perchè non preveduto dalle LL. P. sarebbe ben inutile ogni inquisizione. Comunque non menasse a risultamenti , l'onore del denunziato ne risente un danno, e l'onore è una proprietà sacra ed inviolabile. Si hanno a risparmiare gli oltraggi, le provvidenze dispiacevoli, quando l'interesse pubblico non detti diversamente. Il pubblico interesse esige di non disperdersi le tracce dei reati , e di scoprirne gli autori , non di barattare il tempo ad inutili indagini. Inoltre la compilazione de' processi produce dispendi al tesoro ; e però non si hanno a compilare per mera curiosità, senza essere richiesti dal bisogno, e dall'interesse sociale. Definito irrevocabilmente il giudizio incidentale di falso in privata scrittura è chiuso l'adito al giudizio principale di falsità in linea criminale: qualora fosse presentata querela di sifatta natura, converrebbe dichiararla irrecettibile (1).

---

(1) La cennata quistione fu in tal guisa risoluta dalla G. C. Criminale di Potenza. Trascriviamo il nostro rapporto, e la decisione sullo stesso emanata — Pisticci 26 luglio 1838.

SIGNORE

» Il Sacerdote D. Domenico Quinto di questo Comune » sostenne giudizio civile presso questo giudicato in prima istan- » za, ed in grado di appello presso cotesto Tribunale contro » Michele Malvasi e Gaspare Recchia dello stesso Comune.

» Costoro in appello esibirono un ricevo, il quale si at- » tribuiva al nominato D. Domenico Quinto, e che contene- » va la soddisfazione del credito in controversia.

» Fu arguito di falso incidente il ricevo. Il Tribunale » dietro le analoghe istruzioni dispose che fosse lacerato.

» Il signor Quinto in questa mane mi ha presentato que- » rela principale di falso contro la scrittura suddetta. Re- » clama di richiedersi gli atti dal Tribunale civile pria, che » si esegua il laceramento della carta a' termini del giudicato » emesso dal Tribunale.

» Mi affretto perciò a rassegnare l'esposto alla sua au- » torità per le analoghe provvidenze.

Ma ove il fatto cangiando forme e sembianze
potrebbe divenire criminoso , fa mestieri indagare il

» Non debbo omettere i miei dubbi sulla menzionata
» querela.

» Secondo il disposto nel decreto de' 4 ottobre 1831 ,
» non può riceversi querela di falso principale contro privata
» scrittura senza garentirsi il pagamento del debito , de' dan-
» ni , interessi , e spese.

» Il querelante si crede dispensato da questo obbligo ,
» perchè creditore, e non debitore; e perchè le opportune istru-
» zioni si sono già praticate nel giudizio civile.

» Io non discordo dalla opinione di coloro , i quali si
» avvisano che il giudicato in materia civile faccia stato in
» materia penale, e viceversa. Inutile sarebbe ripetere quanto
» sul soggetto si è scritto specialmente dall' avvocato D. Do-
» menico Capitelli.

» Debbo in ogni modo attendermi le sue istruzioni sul
» proposito.

» Parmi anche indispensabile la interpellazione richiesta
» dall' art. 416 delle LL. di proc. penale.

» È vero che nel giudizio civile fu questa praticata. La
» interpellazione però in linea penale ha un' oggetto diverso
» è di altra natura : ivi il processo si fa all' atto : nel giudi-
» zio penale contemporaneamente all'atto , ed alla persona.

» Quindi se dietro la interpellazione si dichiarasse di non
» voler far uso del titolo , avrebbe a cessare ogni ulteriore
» procedimento.

» Il più forte de' miei dubbi sorge dall' analisi dell' art.
» 345 delle LL. di procedura civile. Ivi si stabilisce che po-
» trà l' attore iscritto in falso incidente nel giudizio civile sem-
« pre proporre la querela di falso principale in linea crimi-

vero, per assicurarsi se sia o no in conformità dell'esposto. Sarebbe anche indispensabile la istruzione

---

» nale. In tal caso (è da notarsi) rimarrà sospeso il giudi-
» zio nella causa civile. Sembra di supporsi non ancor pro-
» nunziato il giudizio civile, cosicchè è una conseguenza trop-
» po giusta il dire di non esser permesso di avviarsi nel giu-
» dizio criminale, se il giudizio civile si è già profferito». Car-
rè sull'art. 250 corrispondente al citato nostro art. 345, si
esprime che l'attore in falso finchè non vi è sentenza defi-
nitiva resa sulla sua querela può ricorrere in via criminale pel
falso principale. Ed in nota; la parte che ha portato in giudizio civile un'azione fondata su di un delitto non può ab-
bandonarne la procedura per agire in via criminale : tal' è il
principio generale consacrato dalla giurisprudenza di tutt' i tempi, e che ha introdotto la massima ; *non si può prendere la
via più aspra dopo aver presa la via più mite.*

Egli è chiaro che l' art. 250 corrispondente all' indica-
to art. 345, fa a questo principio una eccezione». Quindi la
» sua interpetrazione non può essere che in senso ristretto e
» tassativo.

» Finalmente per arguirsi dl falso una scrittura privata
» fa mestieri che sia atta a nuocere, o a produrre lucro. La
» scrittura in disamina, la quale fu rigettata con un giudica-
» to, non è di alcuna efficacia. Se un giudicato ha già di-
» sposto di laccrarsi, sembra che una istanza della parte non
» sia atta ad arrestarne la esecuzione.

» Tali dubbi rassegno alla sua autorità, perchè colla so-
» lita compiacenza si benigni istruirmi sulle norme, che mi
» converrà seguire nel proposito.

Il Giudice Regio
VINCENZO CAVICCHIA

quando il fatto di natura punibile fosse non per tanto non imputabile perchè commesso mediante con-

---

FERDINANDO II.

PER LA GRAZIA DI DIO RE DEL REGNO DELLE DUE SICILIE DI GERUSALEMME ec. DUCA DI PARMA PIACENZA CASTRO ec. GRAN PRINGIPE EREDITARIO DI TOSCANA ec. ec. ec.

L' anno 1838 il dì 28 agosto in Potenza

La Gran Corte Criminale di Basilicata

Composta dai signori Mezzacapo Presidente Petrillo, e Paolantonio Giudici, assistito dal Canc. sig. Sgambati.

» Vista la querela di falso in principale proposta per
» parte del Sacerdote D. Domenico Quinto di Pisticci contro
» un ricevo sotto firma privata prodotta in giudizio civile da
» Michele Malvasi, e Gasparè Recchia.
» Visto l' uffizio del Giudice Regio di Pisticci del 26
» luglio andante anno, dal quale emerge che con sentenza
» del Tribunale Civile fu ordinata la lacerazione del docu-
» mento arguito di falso.
» Vista la requisitoria del P. M. del tenor seguente —
» Dacchè trattandosi di falso in privata scrittura non potreb-
» be dar adito a procedimento senza la dichiarazione del que-
» relato di volerne far uso. Dacchè colla lacerazione ordinata
» dal Tribunale viene a rimaner soppresso il valore della
» scrittura medesima, la quale non può essere più valutata in
» giudizio, e perciò atta a produrre alcun lucro o danno.
» Dacchè ove per poco si volesse animare un procedimento

senso dell' offeso, o per necessità (1) : Perchè l'agente era demente , imbecille , o minore di anni 9. Esistendo il fatto criminoso , dee scovrirsene l' autore. Si attribuisca a chicchessia, il risultato delle indagini potrà additare per reo una persona diversa dal soggetto , sul quale o per ignoranza, o per malizia furono

---

» penale sarebbe lo stesso che distruggere un giudicato resosi
» già esecutivo , o pure dar vita ad un ente che più legal-
» mente non esiste. Chiede che la G. C. dichiari non far
» luogo a riceversi l' intentata querela di falso , e rimandi
» i ricorrenti a sperimentare le altre loro ragioni presso il
» magistrato civile. Firmato — Giovanni Mancinelli.

 » Udito il rapporto del signor Giudice Petrillo Commessa-
rio —La G.C. Adottando le osservazioni del P. M. e facendo
» dritto alla sua trascritta requisitoria — A voti uniformi —
» Dichiara inammissibile la cennata querela di falso, e rinvia
» i ricorrenti presso il Magistrato civile onde sperimentare le
» altre loro ragioni.

 » Fatto , e deciso oggi suddetto dì , mese , ed anno Pe-
» trillo — Mezzacapo — Paolantonio — Sgambati Cancelliere.

 (1) La scienza penale riconosce sei circostanze giustificanti
1. Consenso 2. Ripulsione di un male maggiore 3. Pratica
Medica 4. Propria, o altrui difesa 5. Esercizio de' diritti do_
mestici 6. Esercizio de' diritti politici. Tutti si riducono a due.
Consenso , e necessità. Che il respingere un male maggiore,
l' apprestare i soccorsi dell' arte medica, il difendere il proprio , o l' altrui individuo, il correggere le persone di fami-
glia , l' esecuzione della giustizia , sono atti di positiva necessità.

rivolti i primi clamori. La istruzione potrà anche dis-
sipare le spacciate circostanze giustificative.

QUISTIONE TERZA.

È irrecettibile la istanza per la punizione dell'a-
borto, che si vuol derivato dal dispiacere per la
uccisione del conjuge dell' abortita?

Se ci riuscirà dimostrare, che l'aborto attribuito
al dispiacere cagionato dalla uccisione del conjuge non
è imputabile, se ne potrà dedurre che invano se
ne prescriverebbe la istruzione.

Una tal verità sarà ravvisata nel suo pieno splen-
dore, presentandola sotto tre punti di veduta.

§. 1.° L' aborto è un'accidente straordinario non
possibile ad essere preveduto.

§. 2.° Non si può determinare di essere origi-
nato dal dispiacere.

§. 3.° È un male di partecipazione che viene
calcolato nello statuire la pena per l'omicidio.

§. 1.°

L' aborto è un accidente straordinario , non
possibile ad essere preveduto.

Non havvi operazione umana , che non sia pre-
ceduta dal desiderio di conseguire un bene, o di al-

lontanare un male : al desiderio precede il giudizio sul rapporto delle sensazioni ricevute. Chi opera senza desiderare , o abborrire , senza saper giudicare del bene , o del male degli oggetti , che desidera , o abborre , agisce per mero meccanismo. La volontà o facoltà di desiderare , o abborrire dipende dai dettami della ragione dalla facoltá di giudicare. Laonde a questa , e non a quella si appartiene la scelta: e però bene le vecchie scuole definivano la volontà una potenza passiva.

Se una forza invincibile mi arma la mano di schioppo , e mi fa vibrare il colpo , siffatta azione non è mia , ma di colui , che agì , servendosi di me come di un meccanico istrumento.

I reati sono operazioni dell' uomo. Conveniva, per dichiararli imputabili, che l' agente avesse avuto la scienza delle sue conseguenze, e che poteva altrimenti determinarsi (1). Sicchè può definirsi il reato un fatto vietato dalle leggi penali , e voluto dall' agente : il che importa che l' essenza di un' azione criminosa sta. 1.° In essere vietata dalle ll. pen. 2.° Nella scienza presente , o possibile delle sue conse-

------

(1) Ossia che avesse giudicato sull' utile fittizio dell' azione. Tirando il colpo fatale, tolgo la esistenza al mio nemico, soddisfo la mia vendetta. Se ignorava la virtù dell' armi da fuoco, se vibrai il colpo , credendo vuoto il fucile , come lo aveva lasciato , non sono omicida.

guenze. 3.° Nella possibilità di determinarsi altrimenti (1).

Ed invero se l' azione non è proibita dalla legge, sia pur cattiva sarà un vizio, un peccato, non un reato.

I legislatori avrebbero lasciato il campo aperto alla impunità se avessero richiesto sempre la scienza attuale : fu necessità ritenere anche la scienza possibile per rendere gli uomini diligenti ed accorti. Nel primo caso l' azione si dice dolosa, nel 2. commessa con colpa.

Ne deriva da siffatti principî che la volontà la intenzione determinata dal giudizio definisce la natura dell' azione. *Nam maleficia voluntas et propositum delinguendi distinguit.* L. 52. in pr. D. de furt.

Non s' intende richiamare in vita le quistioni intenzionali già bandite, cioè se un retto fine, o un perverso avesse determinato il delinquente all' azione criminosa. Non debbe farsi il male per ottenere il bene. Si pone mente alla intenzione per definire se nello agente vi sia stato dolo, o colpa, e per determinare il reato, che il delinquente si propose.

---

(1) Non sembra chiara, e precisa la definizione « che » l' essenza di qualunque imputazione criminosa è posta nella » causa, che ne abbia dato colui, cui si attribuisce, e nel- » la volontà in averla promossa ».

Ed in fatti il legislatore nell' art. 69 LL. pen. sul tentativo richiede, che si definisca se il delinquente aveva intenzione di commettere un misfatto. Nelle ferite, e nelle percosse conviene prendere di mira la intenzione, cioè se percosse, o ferì per ferire, o per uccidere, *vulneravit ut vulneraret, o vulneravit ut uccideret.* Nel 1. caso il delinquente è feritore : nel 2. è reo di omicidio mancato, se l'offeso sopravvive : di omicidio consumato, se cessa di vivere. Il diritto Romano non rimane dubbî sul proposito » *Divus Hadrianus rescripsit eum, qui hominem occidit, si non occidendi animo hoc admisit, absolvi posse, et qui hominem non occidit, sed vulneravit ut occidat, pro homicida damnandum*(1). LL. 1 §. 5 ff. ad leg. Corn. de sicar. V. anche la legge unica Cod. de emendat. servor.

Sono cose distinte in natura omicidio tentato, mancato, consumato, e percossa, o ferita. Ciò che in natura è distinto non si può per legge confondere. Ma per distinguerli è indispensabile indagare

---

(1) Non è di lieve momento il distinguere l' omicida dal feritore. Il furto accompagnato da omicidio è punito coll' estremo supplizio. Se il ladro ferì per ferire, abbenchè ne seguisse la morte, non meriterebbe la medesima pena. Nulla significa che l' autore di ferita, o percossa, dalla quale derivi la morte infra i 40 giorni, sia punibile qual omicida : omicida però non è, ma feritore. Le voci *qual omicida* corrispondono al *quasi omicida* secondo il linguaggio degli Stoici.

la intenzione del colpevole. Dunque la intenzione, non il fatto definisce la natura dell'azione malefica.

Tale è la regola generale per la imputazione, ideologicamente dimostrata, cioè: che la intenzione e non il fatto derivato determina la natura del maleficio, e la qualità della pena; in talune occasioni, per motivi di pubblico interesse, i legislatori hanno dovuto allontanarsi da siffatta regola nell'applicazione del gastigo. Imperocchè le pene non hanno soltanto per fine di punire il colpevole del fallo commesso, per emendarlo, ove ne sia capace, ma anche di spaventare i malvagi, e di rianimare il sentimento di sicurezza, che si assiderò all'annunzio del misfatto. Quindi i legislatori, trattandosi di ferite, percosse, aborti, esposizione di fanciulli, e simili, inffliggono pene più severe di quelle statuite per lo reato, che si volle commettere, se il fatto superò per le conseguenze la intenzione del colpevole. Or perchè trattasi di leggi di eccezione, e di mezzi restrittivi dell'esercizio de'nostri diritti, val quanto dire di misure, le quali producono dispiacere, la loro applicazione dev'essere tassativamente ristretta ai casi contemplati. In essi si suppone, che le conseguenze abbiano sorpassato la volontà dell'agente (1).

Dicesi conseguenza di un'azione ciò che deriva dalla sua natura. Che se dalla combinazione di

---

(1) V. art. 391, 396, e 404 LL. pen.

talune circostanze fortuite seguano effetti straordinarî non possibili ad essere preveduti, questi non possono essere definiti conseguenza dell'azione voluta, e quindi imputabili all'autore della medesima.

Gli scrittori più accreditati in materia penale ritengono il principio, che la ignoranza accidentale sulle circostanze aggravanti il fatto commesso fa, che la imputabilità alla reità si proporzioni, senza tener conto delle ignorate circostanze. Si va all'applicazione della regola generale, ossia che non è imputabile una circostanza impossibile ad essere preveduta. Chi volendo uccidere un estraneo meni a morte il proprio genitore, non è reo di parricidio (1).

Inoltre le leggi sono scritte per gli uomini quali sono, non quali avrebbero ad essere. Il Codice penale non è che un catechismo cittadinesco, il quale dee servire di norma ad ogni classe di cittadini. Richiede il legislatore, e suppone in tutti una certa intelligenza, una previdenza del futuro, ma per quanto importa il carattere di essere ragionevole: non può esigere che tutti sieno Socrati, o Platoni.

Le leggi penali si occupano di ciò che più all'uomo è prezioso, della vita, dell'onore, della libertà ec. I legislatori prodighi di disposizioni benefiche, e

---

(1) Nani: Principi di giurisprudenza criminale *pag. 76* e Roberti corso completo del Dritto penale *vol. 2 pag. 89 reg. 3.*

che sono produttrici di piacere, sono ben avari di misure , le quali arrecano dolore. S'infliggono le pene per quanto è indispensabile ad ottenere il fine salutare , che la prudenza legislativa si propone:
le pene *superflue , dispendiose, indebite , inefficaci
ci , ed incoerenti* sono dalla saggia politica disap-
provate (1).

La interpetrazione delle leggi penali non può
praticarsi. che in senso restrittivo.

Si permette la interpetrazione estensiva nelle leggi civili.

Or se queste non contemplano che gli effetti
immediati all' azione , e le conseguenze necessarie
della 'medesima , maggiormente dee ritenersi siffatta teoria nelle quistioni penali.

Un negoziante prese in fitto una bottega per ri-
porvi le merci in occasione di una fiera: il locatore
in dispregio del contratto la concesse ad altri in fitto. Il negoziante fu costretto a riportare indietro le
merci: venne ad essere privo di un guadagno : il
guadagno lo avrebbe salvato dal fallimento. Di tanto danno dovrà rispondere chi manomise la stabili-
ta convenzione? Sono a carico del locatore infedele le
spese per lo trasporto , e ritorno delle merci ; la prudenza del magistrato valuterà i gradi di probabilità
per lo guadagno, e così ne stabilirá la media propor-

(1) V. Capitelli filosofia del diritto *pag. 109.*

zionale a peso del medesimo: il fallimento però derivato da una circostanza tutta accidentale rimane a danno del negoziante.

Se queste sono le norme dettate nelle civili vertenze, ove non si agitano, che dispute d'interesse pecuniario, ove non può sentirsi altra pena o dispiacere che non sia di questa natura , si estenderà il rigore delle leggi ove si tratti di pena afflittiva di corpo, di pena che restringe la libertà individuale ? Violare un contratto significa tradire la fede promessa , l'azione fu meditata , e con dolo eseguita , e può assimilarsi al delitto. E però i princîpi adottati per tale azione hanno ad essere uniformi a quelli sanciti pei fatti punibili in linea penale. *Ibi idem jus ubi eadem ratio.*

Nella innanzi proposta quistione si suppone che fu vibrato il colpo: dal colpo ne derivò la morte dell' offeso : era egli conjugato : la moglie era incinta : si rattristò alla perdita del conjuge : il dispiacere produsse l'aborto. La morte fu conseguenza del colpo vibrato , e s'imputa al colpevole. Ma è notevole che per una circostanza accidentale, l'estinto era conjugato, e gravida la moglie; e però l'aborto non è imputabile all'omicida, come il fallimento non può imputarsi al locatore infedele.

L'art. 391 LL. penali sanziona di essere imputabile al feritore la morte , o altra conseguenza derivata dalle ferite. È nella loro natura di potere produrre la morte dell' offeso. Ma se questi morì per difetto di cura , per propria negligenza , o per altra circostanza indipendente dalla qualità della ferita , l'autore dell' offesa non sarà reo di ferita, che produsse la morte, non sarà punibile qual omicida.

§. 2.°

Non può determinarsi di essere originato dal dispiacere.

È anche pregio dell' opera notare, che ogni reato , come ogni nostra azione , non manca di un principio morale, qual prima causa determinante, come l'interesse , l'amore , l'odio , la vendetta , e simili. L' analisi del processo mentale ci persuade di siffatta verità. Prima di agire fa d'uopo sentire le impressioni , ricordarle , giudicare de' loro rapporti, desiderare , o abborrire : svolgendo le operazioni più istantanee, vi si rinverrà sempre tale procedimento.

Per valutare il grado di dolo , della punibilitá, fa mestieri risalire alla causa determinante.

Ma non è possibile di determinar gli effetti delle cause morali sul nostro individuo. In Francia si è elevata la quistione, se poteva trattarsi con metodo algebraico la parte della fisiologia, che tratta delle sensazioni : si è risoluta negativamente , perchè la stessa causa diversifica ne' suoi effetti secondo che varia l'età , lo stato , il sesso , la educazione , il clima ec. È del pari impossibile applicare alla legislazione penale la geometria politica, che meglio si direbbe *penometria*, proposta da Beccaria. Il piacere inaspettato, come un dolore vivissimo, possono toccare in modo la fibra umana da derivarne l'apoplessia, e quindi la morte. Procedendosi alla sezione cadaverica, i periti sanitarî non potranno mai escludere ogni altra fisica cagione, ed attribuire il funesto effetto al solo piacere, o dispiacere. Diranno che tali cause morali poterono menare a menzionati effetti : dalla possibilitá alla certezza evvi enorme distanza.

In tale assoluta impossibilità parrebbe assurdo quel sistema di legislazione penale, il quale ricercasse materia punibile negli effetti incerti incalcolabili delle cagioni morali sul nostro individuo.

Se per le ll. pen. nell'art. 391 si risolve il caso di essere derivata la morte dalla ferita, o dalla percossa, nell'art. 396 di essere seguita la morte dall'aborto, e nell'art. 404 dalla esposizione del fanciullo, in questi casi gli effetti sono determinabili, e può risolversi con certezza, che la morte fu conseguenza della ferita, della percossa, dell'aborto, della esposizione.

Rubando una trave che sostiene un edificio, può questo crollare, con far rimanere sotto le sue ruine estinte le persone, che l'abitavano. L'autopsia cadaverica verifica la causa della morte. Il legislatore volendo con ragione aggravare la sorte dei ladri, guardò il caso che il fatto sorpassasse nelle sue conseguenze il fine del delinquente , e vi provvide col decreto del 6 dicembre 1835.

Ed in vero si determinerà di essere stata la morte conseguenza dell'aborto , perchè sezionandosi il cadavere si rinverrà l'utero infiammato , i vasi tutti dello stesso organo sanguigni turgidi , e tante volte questi strozzi dalla pletora , donde una emorragia irreparabile. Se la morte derivò dalla esposizione del fanciullo, si conoscerà facilmente, che, l'autopsia del cadavere , se fu esposto al freddo , presenterá il sangue aggrumito , le membra , ed i muscoli intirizziti ec. , se fu esposto al caldo , il sangue nero corrotto ec. Se avvenne per effetto della caduta di una trave, si desumerà dalla natura delle offese cagionate.

Non così possono essere determinati gli effetti delle cagioni morali.

Se l'aborto è prodotto da dispiacere presenta i seguenti segni , cioè il puerperio , la vulva ingrossata, rilasciata la bocca dell'utero , le mammelle quasi turgide ec. I segni medesimi si scorgono quando l'aborto fosse prodotto da starnuto , da passo in fallo, o da altre cause , che in medicina legale si annoverano come produttrici dell'aborto naturale.

Se l'apoplessia derivò dal dispiacere, si rinverrà nella sezione del cadavere sangue travasato ne'vasi eminingei , e talune volte la membrana corroidea turgida di sangue. Tali fenomeni pur si ravvisano se l' apoplessia ebbe luogo per pletora , per congestione cerebrale , o per altre cagioni.

Che se la ingiuria corporale, o personale, comunque prodotta, è punibile (1): e se l'aborto , sia qualsivoglia il mezzo adoperato , costituisce reato , a prescindere dal caso in disamina , che riguarda un male di partecipazione, rimane sempre ad opporre , se sia determinabile di essere stato conseguenza del dispiacere.

Nè può dirsi di essere stato l'aborto conseguenza delle ferite, o delle percosse date all'estinto marito.

Queste produssero la morte : dalla morte del conjuge ne venne il dispiacere nella moglie allora incinta: e dal dispiacere l' aborto.

Ogni azione malefica , la quale offende o la persona , o la proprietà , o l' onore, è sorgente di dispiaceri. Dei dispiaceri sono incalcolabili le conseguenze. Non però s'imputano all' autore dell'azione. Così del pari non può imputarsi all'autore dell'omicidio l'aborto. I casi preveduti dai citati articoli 391, 396 , e 404 ll. penali , e dal decreto del 6 dicembre 1835 sono di eccezione, e nei casi non espressi confermano il principio generale di non essere tenuto il delinquente , che delle conseguenze , delle quali aveva la scienza attuale , o possibile.

---

(1) Bentham *vol. 1. pag. 270.* , *e vol. 3. p. 235.*

§. 3.°

È un male di partecipazione che vien calcolato nello statuire la pena per l' omicidio.

Fa d'uopo anche considerare che ogni reato produce tre mali : male individuale , male di partecipazione , e male derivativo. Il primo sentesi dall'individuo offeso : il 2. dai congiunti , dagli amici, e dalle persone interessate al suo ben' essere : il terzo dal corpo sociale, che si spaventa all' idea di un maleficio. Siffatte specie di mali si denominano da Bentham di 1. di 2. e di 3. ordine (1).

Nel sancire la pena per ciascun reato i legislatori calcolano le tre specie di mali , che da ogni azione malefica sogliono avere origine. La loro somma riunita costituisce il male complesso , per il quale si statuisce la pena corrispondente. Uno è il reato, triplice il danno.

I mali sono conseguenza dell' azione. La reità è nella cagione , che li produsse. Ove si punisse distintamente per il male di partecipazione , o pel derivativo, verrebbe a punirsi due volte la stessa persona per il fatto medesimo.

----

(1) Si adottò da noi la succennata denominazione , preferendo il sistema proposto da Bentham medesimo di adoperare in legge voci , le quali esprimano l' idea dell' oggetto nominato.

Bentham enumera tutti i mali derivanti da un'azione cattiva per adattarvi la pena corrispondente. Non si avvisò mai dire che il colpevole di un fatto era reo di tanti delitti, quanti erano i mali, i quali dal fatto risultavano. Se una è l'azione, uno è il reato.

Oltreacciò è da notarsi che nell' addizione dei mali emergenti da un reato, vuolsi calcolare quelli, i quali sogliono derivare dalla natura de' fatti, e dal corso ordinario delle cose : ma non gli effetti straordnarî di raro prodotti da strane combinazioni. I legislatori non possono discendere all' analisi de' fatti particolari. Avviene talvolta che un mezzo di prudenza legislativo utilissimo, nel caso peculiare accompagnato da bizzarre combinazioni, si presenta dannoso. Il rito, che costituisce la salvaguardia dei nostri diritti, talvolta priva di difesa la più giusta causa, e fa trionfare l'ingiustizia. Tale è l'indole dei mezzi suggeriti dalla umana prudenza, e per quanto si raddoppiano i nostri sforzi, e le nostre lugubrazioni, le nostre misure non otterranno mai in tutti i tempi, in ogni luogo, ed in qualsiasi circostanza i medesimi risultamenti.

Non perchè nel caso nostro dalla uccisione del conjuge seguì l'aborto della moglie, conveniva che il legislatore lo avesse tenuto presente nel valutare il male di partecipazione, ed avesse inasprita la pena per l'omicidio. Quanti altri casi stranissimi non avrebbe dovuto contemplare ! Il concorso di straordinarie circostanze fa pure talvolta desiderare pene più miti. Si permette in questi rincontri di raccomandarsi il colpevole alla Sovrana Clemenza. Ma se il giudicabile si presenta circondato da un treno di circostanze aggravanti, da renderlo il più detestevole, e degno dei più aspri gastighi, la sana politica detta a non discostarsi dalle pene sanzionate, e scritte per quella specie di reato. Crescerebbe a dismisura la mole del codice penale, il quale fa mestieri restringere, per quanto fia possibile, in poche pagine, ove tutte le umane, e rarissime contingenze si volessero prevedere.

CONCHIUSIONE

È dunque attributo esclusivo della G. C. Criminale di pronunziare, se debba o no riceversi la istanza per preteso misfatto. E nella quistione proposta, se il fatto non costituisce reato, se il giudice inquisitore non è un essere meramente passivo, da dovere indagare qualsiesi avvenimento, poichè la legge gl'impone di definire il fatto sul quale conviene istruire, e di notare la corrispondente disposizione violata; sembra legittimo il corollario, che nella specie non si poteva esigere istruzione.

Inoltre a ben dirigere un'istruttoria, conviene che da' fatti noti si deducano gl'ignoti: debbe esservi fra loro un nesso tale, che l'uno dall'altro derivi qual necessaria conseguenza. Il tempo troppo prezioso al magistrato per le gravi sue cure , si perderebbe in inutili indagini , qualora si dovesse istruire nella impossibilità di scovrire il vero.

Se gli effetti delle cagioni morali sul nostro individuo sono indeterminabili, come possono formare oggetto d' inquisizione ? Non basta in materia penale decidere, che abbia potuto quell' effetto essere prodotto dalla designata cagione; si vuole la certezza, e non la probabilità. La certezza non si ottiene mai in casi di siffatta natura.

Nella proposta questione non può disconvenirsi, che non si doveva istruire, anche perchè quella versava su di un male di partecipazione , compreso nel calcolo dei mali derivati dall' omicidio.